KB180215

어머니의 숨비소리

어머니의 숨비소리

이생진 시집

우리글

머리말

먼 데까지 왔다.
가거도 항리 섬등반도 언덕배기, 풀밭에 앉아 바다를 본다.
그 인연이 이 시집을 낳았다.

나는 시집이 나오면 어디서 읽을까 하는 생각을 했다.
'다랑쉬오름의 비가'는 다랑쉬오름에서 읽고, '지슬'은 영화 '지슬'을 캐낸 큰넓궤(동굴)에서 읽고, '이어도 사나'는 이어도에서 읽어야지 하는 생각. 그리고 '폐가廢家'는 폐가에서, '폐교'는 폐교에서 읽어야지 하는 설렘.
나는 시를 쓸 때보다 시를 읽을 때 더 가슴이 설렌다.

드디어 시집이 나왔다.
이 시집을 들고 제일 먼저 달려갈 곳은 제주도, 제주는 내 시의 고향이다.
제주가 내 시를 키워줬다. 고맙다.
나를 키워준 제주의 아픔을 나도 아파해야 한다.
그런 마음에서 어머니의 숨비소리가 듣고 싶다.

2014년 봄
이 생 진

차례

어머니의 숨비소리

어머니의 숨비소리

– 이어도 사나

이어도 사나
이어도 사나
어머니의 숨비소리
죽어서 이어도로 가겠다는 한 맺힌 소리에
파랑도*에서 떠도는 아버지가 고개를 든다

이어도에 시추대가 올라올 때
아버지를 만난 듯 반가웠는데
시샘하는 시비에 금방 몸서리친다
하지만 이어도가 물 밖으로 나온 것은
어머니의 힘
올라와야 한다 물 위로 올라와
수천만 년 물에 잠긴 서러움을 씻고
하늘을 보며 살아나야 한다

이어도 사나
이어도 사나

* 파랑도 : 이어도

슬퍼하기 위해 시를 쓴다
– 평화와 전쟁

왜 시를 쓰다가 지오프리 블레이니의
『평화와 전쟁』을 펼치고 있는지 모르겠다
전쟁을 피하는 명쾌한 답을 얻으려고
손쉽게
아니면
작은 위안이라도

시를 쓰다가 아리송한 말장난에 말려든다
이 한 권의 책을 읽었다고 해서
얼마나 많은 평화를 끌어들일 수 있는지… 하고
다시 시를 쓰기 시작한다
부끄러운 회피다
그러나 시에는 책임 회피라고 쓰지 않았다

'아 전쟁을 막을 수 있는 묘안은 없나' 하고
한숨을 쉰다

나는 평생 시와 싸우듯 전쟁과 싸우고 싶었다
그런 생각을 했음에도 실효를 얻지 못함은

그런 생각을 안 한 것만 못하다
언제고 수동적이었으니까
아무리 저항의 의지가 강해도
시는 수동에 불과하다
회피에 불과하다

나는 책을 믿는다 어떤 책이든 믿는다
그래서 문장 하나에도 낱말 하나에도 솔깃해진다
내 귀는 길다
속으로 뻗은 귀뿌리가 길다 울리는 소리가 길다

이런 부분에도 밑줄을 치며 읽는다
'전쟁 직전의 높은 기대들은 서글픈 결론을 암시해 준다. 전쟁은 두 경쟁 국가가 평화보다는 전쟁을 통해서 더 많은 것을 성취할 수 있다고 생각할 때에만 발생했다'*는 결론

나는 예방책을 얻지 못한 채
다시 시를 쓴다

눈망울에 이슬이 맺는다
결과적으로 시는 서글픈 이슬임을 자인한다

*『평화와 전쟁』: 지오프리 블레이니 저, 이웅현 역 (지정/1999) 184쪽

지슬 1

– 대한극장

남쪽에선 벚꽃이 핀다고 야단인데
나는 나를 숨기듯 지하철 굴로 들어가
충무로역에서 대한극장으로 나온다
이것은 서울의 궤(동굴)다

네 번째…

머리 나빠서가 아니고
가면 갈수록 궤로 들어가는 길이 선명해지기 때문
이젠 눈을 감아도 빠져나올 수 있겠다
매운 연기 가득 찬 궤에서 나오면
뒤통수를 맞은 것 같아 어질어질 하다가도
궤 밖에서 마음 놓고 사는 것들이 부럽다

엘리베이터 앞에서 축축한 눈시울을 닦는데
광고판이 내 입술을 보며
DON'T
KISS ME,
IF YOU

KISS ME,

I WON'T BE

ABLE TO LEAVE.

문자 안에서 비추는 불빛으로 붉은 입술을 내민다

지슬*을 보고 나온 눈이

픽 하고 웃는다

* 지슬 : 제주어로 감자를 뜻함. 한자로는 지실地實, 땅에서 나오는 열매를 뜻한다. 여기서는 오멸 감독이 만든 영화 '지슬'을 말한다.

지슬 2

– 제주에 가고 싶은 사람에게

영화 '지슬'을 보러 오는 사람이 예상보다 적다
좌석을 골라서 들어왔는데
들어와서 또 좌석을 고른다
지슬의 동굴(궤)은 좁아서 밀고 당기지만
영화관에서는 좌석을 두 개씩 차지하고도 남는다

스크린 앞이 절벽처럼 한가하다

나는 기침소리를 내지 않았다
지슬은 말 못한 지실地實이기 때문
내 생각이 100%
남의 생각일 수는 없다
그래도
제주에 가고 싶은 사람에게
이 영화를 권한다

지슬은 폭포에도 있고
돌담에도 있다
허나 진짜 지슬은
땅 속에 있다

지슬 3
– 영화

다섯 번째…

이번엔 서울극장
여기도 '지슬'은 외롭다
동굴 속에 혼자 앉아 있는 것 같다
스물두 사람인데
영화관에 앉아있는 사람도 영화 같다

어둡다
시작도 어둡고 끝도 어둡다
구름과 파도소리와 총소리

군화로 찬 부엌문이 쾅 열리고
연기 속에서 눈을 비비며 나오는 기침소리

말이 없다
촛대에 촛불이 없고
제기에 제물이 없다
모두 빈 그릇이다

제기에 제물을 담지 않듯

입에 말을 담지 않는다

그게 말이다

빈 그릇 같은 존재

말 못한 한 시대가 슬프다

지슬 4

– 똥이 얼겠다

문딩아!
문딩아!

뒷간에 앉은 사람은 소리치고
관람석에 앉은 사람은 무심결에 듣는 소리
'문딩아! 똥이 얼겠다'

소리치는 사람도
듣는 사람도 문둥이다
흰 눈으로 뒤덮인 겨울 뒷간
'똥이 얼겠다'는 소리에
아무도 웃지 않는 벙어리
그만큼 사람이 얼었던 계절
이제 와서 사람들은 역사를 후회하고
그 역사를 칼로 잘라내려 하지만
역사를 잘라낼 칼은 없다
그러니
'지슬'은
후회하지 않게 살아라

오늘이라도
후회하지 않게 살아라
하는 영화다

지슬 5

– 감자 먹는 사람들

지슬에서 눈 밟는 소리가 멈추자
엉뚱하게 고흐의 '감자 먹는…' 소리가 들린다
(예술의 공통성聲)

고흐는 의자에 앉아 감자를 먹고
오멸*은 궤(동굴)에 앉아 감자를 먹는다
나도 감자가 먹고 싶다
감자를 먹어가며 남폿불을 밝히고
고흐의 편지를 읽는다

'진실한 마음을 불러일으키려고 하는 그림을
만들고자 하지 않는다면
나는 나 자신을 책망하지 않을 수 없다'
오멸이 머리를 끄덕인다

궤에서 감자를 나눠 먹는 '지슬'은 최후의 만찬
그런 생각을 하며 영화관을 나올 때
눈물을 닦는 사람이 있어
왜 우느냐고 묻자

당신은 왜 우느냐고 되묻는다
나도 모르게 눈물을 닦고 있었다

왜 슬픈가
제주에 가거든
지슬을 가슴에 묻고
기다리는 어머니에게 물어보자

* 오멸 : 영화 '지슬'의 감독

지슬 6

– 칼의 방향

숫돌에 칼을 간다
자식을 기다리는 어머니의 가슴에
그 칼을 꽂는다
아니 그 칼은
38선을 그을 때부터 잘못 간[硏] 칼이다
일본이 이 나라를 침략해서 결국
38선을 긋고 간 칼
애초 진주만 공격으로 불똥이 커진 전쟁인데
어찌 침략의 마귀에 고통 받고 산
이 나라의 허리를 갈라놨느냐 말이다

그로부터
서로 으르렁대며 이를 가는 악순환
그 원인遠因이
초토화 작전으로 이어져 3만 명이 죽었고
남북전쟁으로 300만 명이 목숨을 잃었으니
이것이 해방의 대가代價냐고 묻고 싶다
전범戰犯을 따지려면
일본 본토에서 칼질할 것이지

왜 억울한 한반도의 허리를 잘라놓고
저희들은 구경하고
우리들은 피 흘리고
이렇게 되어버린 것이 누구의 잘못인가
이런 억울한 벌이 어디 있느냐 말이다
갈수록 칼을 가는 남과 북
한편
이 기회다 하고
칼을 든 일본의 재무장
치가 떨리고 분통이 터진다만
이런 때일수록 하나가 되어야 하는데
그게 안 되니…
'지슬'을 보다 말고 한숨을 쉰다
한숨을 쉬면 안 되는데…
영화는 영화고 나는 나라고?
천만에
'지슬'은 영화로 끝낼 성질이 아니다

지슬 7

– 명령

광동리 중산간
중산간에서
보는 대로 사살하라는 명령에도
차마
순덕이의 이마에 총을 쏘지 못하는 방아쇠
'지슬'은 변별력辨別力을 더듬는 손가락이다
그래서 명령을 거역했나
거역하면 총살인데
어차피 죽은 목숨
죽음 때문에 주저할 시간이 없다

명령은 어디서 와서 어디로 가는가
물처럼 산에서 와서 바다로 가는가
아니면
문서로 와서 피를 싸들고 흙으로 가는가
관동리 중산간
어지러운 팽나무 아래 엉겅퀴 밟고 서서
지슬밭을 본다
지슬꽃에
구름이 내려와 눈물을 닦는다

지슬 8

– 휘파람새

그날도 휘파람새가 울었고
오늘도 휘파람새가 운다

오늘의 휘파람새는
그날의 휘파람새가 아닌데
오늘의 휘파람새가 그날의 휘파람새처럼 운다
그래서 내 눈에 그날의 눈물이 고인다

아마 내일도 휘파람새는 울 것이다
새는 우는 것이 생리이지만
큰넓궤의 어둠을 기억하는 사람은
그 동굴 속에서 숨죽이고 살았던 영혼을
휘파람새 울적마다 기억할 것이다

어둠 속에서도 기억이 보인다
눈을 감아도 감아도 보이는 기억

지슬 9
– 전쟁

'왜 사람들은 싸우는가?'*
버트런드 러셀이 쓴 책이다
내가 뿌리를 캐면 얼마나 캤다고
읽던 시집을 놓고, 이 책을 읽는다

97쪽에 이런 말이 있다
'국민들이 자기 나라가 이길 것이라는 확신 없이 전쟁열에 사로잡히는 경우는 아주 드물다. …… 전쟁을 원하는 정부와 언론인들은 전쟁열에서 합리적인 요소를 찾아내고, 자신들이 도발하고 싶어 하는 전쟁의 위험성을 최소화 한다.'

전쟁을 좋아하는 나라와 국민은 없지만
철들며 지나간 날
일본 군국주의자들이 일으킨 전쟁을 보면
러셀의 말이 맞다
그래서 늦게나마 머리를 끄덕인다

* 『왜 사람들은 싸우는가?』: 버트런드 러셀 지음/이순희 옮김/비아북

지슬 10
– 롯데 시네마

제주시에 있는 롯데 시네마
6층 6관
아침 11시 정각
관객 3명!
영화관은 서울 대한극장 못지 않다
제주시 롯데 시네마
여기도 영화 전용이다
서울에서 온 내가 촌스럽다
잠바에 등산화 차림 그래도
시비 거는 이가 없어 다행이다
미성년 출입금지도 아닌데
미성년이 없다
화려한 도심의 상영실인데
그 시대처럼 찬바람이 불어 썰렁하다
처음엔 나까지 세 명이다가
하나 둘 하나 둘 늘어나
결국 스물한 명
흰 스크린에 광고가 수다를 떨고 나니
눈 덥힌 '지슬'이 쫓기듯 문을 연다

지슬 11

– 돌오름

'지슬'을 보고는
그 길로 영화 속의 오름을 찾아간다
돌오름(혹은 도너리오름)
영화는 겨울인데 찾아가는 길섶은 초여름
찔레꽃 피고 모시풀이 무성하다
돌오름을 찾아 산으로 들어가나
산은 선뜻 오름을 내놓지 않는다
중산간 길이 워낙 평평하다 보니
구름도 낮고 하늘도 낮다
초원이 이어지다가 숲이 마을을 빼앗긴 채
마을이 돌아오길 기다리느라 바싹 야위었다
그래서 도란도란 가는 줄 모르게 가는 길이다
그러다 길을 잃고
이 굴 저 굴 기웃거린다
마을이 없어 지나가는 사람이 없으니
길을 물어볼 수 없다

댕댕이덩굴이 모자를 만들지 못하는 심술을
동동 팽나무에 감았다

사람보다 먼저 들어온 말[馬]이 똥을 눈다
사람 똥이 보고 싶다

지슬 12

– 암울한 영화

굳이 거기까지 갈 필요야 하면서도
거기까지 따라나선 내 발이 고맙다
어머니는 따라오지 않았지만
내 발은 늘 어머니와 동행한다
어머니는 내 시의 후견인인 동시에
시대를 초월한 눈물의 후원자이니까

걸어서 2km 큰넓궤(동굴)
태양이 쇳물처럼 녹아내리는 염천하下
안덕면 동광리
시원한 계곡도 없이
그때 굴에 숨었던 신원국 할아버지는
14 살이었는데 지금은 79세
김연옥 할머니(72)는 7살이었고
김연춘 할머니(75)는 10살
그들에게 65년을 얹어준다

1948년 11월 중순 초겨울
그렇게 큰넓궤에 숨어 살은 사람이 120여명

토벌대가 굴 안으로 들어오려 하자
이불과 마른 고추에 불을 붙여
들어오지 못하게 했다
그러나 토벌대에게 역습을 당하자
이불과 고추 타는 연기가 굴 깊숙이 들어왔고
토벌대는 돌로 굴 입구를 막아버렸다
굴에 갇힌 사람들은 그 돌담을 무느고 도망치다가
총에 맞아 죽었다
그 후
시신을 찾지 못한 사람은 가묘에 묻었고
가묘에 국화 한 송이 꽂아놨는데
옆에서 자라던 할미꽃이 여름 내내 울었다

영화는 소지를 날리며 암울하게 끝났다
'지슬'은 암울한 영화
눈 밟는 소리만 들어도 몸이 오그라들고
영화관을 나오는 사람마다 굴에서 나오는 사람처럼
눈을 훔친다
눈을 훔친 손수건에 까만 멍이 든다

지슬 13

— 체험

쌩生! 하고
총알이 지나간다
세월엔 총상이 많다

좁은 굴로 들어가느라 허리를 굽히고
사다리로 내려와 다시 허리를 굽혀도
돌 틈에 끼어 나오지 않는 캄캄한 세월

그러지 않고 서로를 끌어안을 길은 없었나
그것을 생각하다 내가 내 머리를 부딪쳐
오른 손으로 머리를 찾는다
시대의 아픔처럼 내 머리가 아프다

눈을 감아도 어둡고
눈을 떠도 어두운 동굴
그 자리에서 어머니를 부르듯
'이어도'를 부른다

'이어도 사나 이어도 사나

어머니의 숨비소리
죽어서 이어도로 가겠다는
한 맺힌 소리에
파랑도에서 떠도는 아버지가 고개를 든다…'

지슬 14
– 새가 운다

휘파람새가 운다

굴속에 들어와
숨을 죽이고
또 죽이고
그래도 가슴에 남아있는 숨소리로
깜깜한 벽에 휘파람새 그린다
벽화에서 눈물이 흐른다
금방 그린 그림에서 새소리가 난다
신기해라
어찌하여 그 소리가
산화된 그 소리가
죽지 않고 살아 있나

슬픔은 어둠을 먹고 사나
아직도 눈을 감지 못한 영혼의 소리
휘파람새가 운다

다랑쉬오름의 비가 1

– 잃어버린 마을에서의 패러글라이딩

너 하늘로 가는 것은 이번이 처음이지?
돌아올 땐 용눈이오름으로 올까 아니면
아끈다랑쉬오름에 내려 할머니에게 문안 드릴까

유인고씨지묘儒人高氏之墓

어머니는 살아서나 죽어서나 혼자이시다

이어사나 이어도 사나
혼백상지 등에다 지곡
저승길이 왔다갔다
이어도가 여기엔 해라
이어사나 이어도 사나

우리 이대로 떠 있으면 안돼?
새소리 파랑새소리
새들도 떠 있는데
우리라고 떠 있으면 안돼?

삼나무밭이 멀어지고
내가 숨었던 뒷간이 멀어지네
내 가슴 헐리던 날 아버지가 넘어지고
어머니 어제 나가서 돌아오지 않으시네
이렇게 멀어지면 저 땅은 누구 차지야
소유라면 기를 쓰고 달려드는 것인데
멀쩡한 땅 불사르고 어디로 갔는가

창수네 집 가는 길 억새밭도 멀어지네
할머니 할아버지 무덤은 누가 풀을 깎나
또다시 악몽에 불이 붙으면 누가 불을 끈담
자꾸 멀어지면 이 마을도 나처럼 울겠네
떠난 뒤엔 무엇이 찾아올까
하늘로 갔다는 기억만 남기고 다 지워버릴까
그건 더 멀어지겠다는 심술이지
무엇이든 희망이 있을 때 위안이 되는 건데
희망이 없는 길은 걷기가 싫어

다랑쉬오름의 비가 2

– 아직도 악몽 속에서

이젠 총성이 멈췄으면 좋겠어
무서운 전쟁
우린 전쟁으로 여러 차례 망했지
그와 비슷한 건달들도 무기로 위협했으니까
태양이 중천에 떠 있군
이제부터 태양이 하라는 대로 해
태양은 하늘에 속하는가 아니면 별에 속하는가
태양도 낮에 나오기 싫을 때가 있을 거야
달은 아직 지상을 떠돌겠지
나그네의 길을 밝히느라 밤새웠을 걸
저건 섭지코지 이건 우도 쇠머리오름
어떻게 될 세상인지 몰라도 당장은 시원해 좋군
이런 세상이 있으리라고는 꿈에도 생각 못했어
잔인한 것은 총이 아니라 사람이야
이 세상엔 입으로 망하는 사람이 많지
말 조심해, 총 가진 귀신이 잡아갈라
총구는 열렸어도 입은 다물어야 해
그래서 다랑쉬 입을 시멘트로 막았나

역사는 입을 막아도 사실은 새어 나오는 법

다랑쉬오름의 비가 3

– 바람의 힘

다랑쉬오름*에 오를 때 힘이 빠져서
네게로 갈 수 있을까 걱정했는데
바람이 도와줬어
바람은 보이지 않는 뱀
얽히고 설켜도 보이지 않아서 비밀에 좋아
바람은 보이지 않는 신통력神通力을 가지고 있어
이제야 안심하겠네
패러글라이딩
이리 와 우린 바람을 타고
총을 쏘지 않아도 되는 세상으로 가는 거야
아홉 살인 너에게 총질하는 사람들하고
어떻게 산단 말인가
힘이 빠질수록 정신을 차려야 새로운 세상이 보여
다시 이어질 힘이 없다면 그것으로 그만이지만
그래도 다른 세상이 나타나니 신기하지
예술인들은 백주에도 그것을 노려
이리 와
아직 식지 않은 내 손을 잡아봐
그림은 화가의 성 행위이고

환상은 시인의 성 행위이야
그들은 항상 그런 행위를 염두에 두고 일하지
그걸 화가들의 변태성이라고 하면 화낼 걸
성깔이 있으니까
시인은 다른 곳으로 떠날 것이고
아무튼 이런 산간지대에서는
상상이 유일한 신앙이지
그들은 유신론자인 척하면서도
텅텅 빈 무신론자야
제단 앞에 엎드려서도 그림을 구상하니까
시인의 독설을 들어봤니
시인의 독설은 어느 독재자의 독설보다도 독하지
그 말을 하니 오름이 노여워했나
물안개 속으로 숨어버렸네
화염이 다랑쉬마을을 휩쓸 듯
용눈이오름이 안개에 휩쓸리고
멀리 일출봉이 소리 없이 사라졌네
아끈다랑쉬까지 덮어버릴 기세인데
악의 씨를 싣고 오던 트럭이 악에 걸려 넘어졌나

연약한 유채꽃이 다 상해버렸어
대형트럭은 대형사고의 원흉이지
요즘 악惡은 모두 대형이야
문제는 대형트럭이 아니라 트럭을 모는 사람들이지
너, 너, 너는 핵을 건드려서는 안돼
내가 왜 이런 신성한 오름에 와서 핵을 말하나
나도 더러운 물이 들었군
수야, 너는 아홉 살이지
너는 내 흥분에 흔들리지 말고
페러글라이더의 줄을 꼭 잡아
여기서 믿을 것이라곤 그것밖에 없어

* 제주 동부지역에서 가장 높고 크고 아름다운 오름

다랑쉬오름의 비가 4

– 소년과의 패러글라이딩*

너는 패러글라이딩이 처음이니?
아홉 살에 변을 당했으니
그동안 네가 살았다면 지금 몇 살이지
쉰셋?
그럼 44년(1948–1992) 동안 망각의 굴속에 있었단 말인가
빌어먹을
말하자면 세월이 정지되었다는 이야기인데
아니면 세월을 빼앗겼다는 이야기인가
그걸 돌려받을 순 없나
그건 어디서 보상해주느냐 이거야
두고두고 불쾌한 악몽이여

하늘엔 오래 머물 수 있는 쉼터가 있을까
바람은 지혜로우니
바람을 잘 타면 하늘에서도 쉴 수 있지
오늘은 바람을 실컷 이용해야 돼
바람으로도 그림을 그릴 수 있나 그렇다
그래서 화가들은 부러진 나무를 그리고
쓰러진 파도를 일으켜 세우려고 붓에 힘을 주는 거지

파도 그 자체는 아무것도 아냐
모두 바람의 힘이지
사람은 바람이 들어야 멋이 있어
나는 다랑쉬오름에 올라와서야 그걸 알았어
분화구 가득 바람을 담아봐
너를 공중으로 들어 올리듯
가볍게 세상을 들어 올릴 테니
그때 사람이 바람 속으로 들어가는 것이 아니라
바람이 사람 속으로 들어온단 말이지
그러나 그때 조심해야 해
바람을 알아야 패러글라이더를 조정할 수 있어
바람은 그것을 띄울 뿐 아무런 책임을 지지 못해
그것이 바람의 권력이자 책임 소재야
허나 예술은 바람만으로는 안 돼
그건 허풍이지
역시 그건 사람의 일이야
사람이 붓을 조절하듯
패러글라이딩은 바람을 조절해야 해
불조심보다 바람을 조심하라구

바람이 죽으면 화염은 저절로 죽게 돼 있어
그러니 세상은 보이는 불보다
보이지 않는 바람이 더 무섭다니까

* 4 · 3 사건 때 다랑쉬굴 속에 피신했다가 토벌군의 초토화 작전에 희생된 아홉 살 소년과의 공중 대화

다랑쉬오름의 비가 5

– 불과 같은 사랑

오름 정상에 '산불 조심' 하라고 나부끼는군
산도 불을 무서워하나
무서운 것은 불이 아니라 바람이지
화산이란 것이 있지 활화산
오름이란 다 화산의 흔적들이야
기생화산이라고
살아서는 불을 토하고
죽어서는 바람을 토하는 분화구
인간의 가슴에도 활화산이 있어
멋있는 불이지
나는 그것으로 사랑도 하고 시도 썼어
이제 뛰어내릴까
조심해 인간은 만능이 아니어서
조물주의 놀림거리야
절대로 자살을 생각하지 마
타살인 경우는 어쩔 수 없지만
자살은 너무 억울해
그래서 시인 한하운韓何雲은
하나밖에 없는 자살을 아낀다고 했어

'따르ㄹㄹㄹ 선생님 저예요!'
저라니 다랑쉬 상공인데 누굴까?
나 하늘에서 내려가기 싫은데 누굴까
'저도 하늘에 와 있어요'
나나니벌!
이 벌은 언제고 현대식이지
집도 원룸이고 독신에다가 낭만적이어서 자유 분방해
그 애가 행방불명이더니 나나니벌이 됐나
사람일 때 만나야지 벌이 되면 무슨 소용인가
난 날[飛] 수 없는데
다시 사람으로 돌아올 순 없나
윤회란 슬픈 보상이지
나는 벌이 되어 꿀을 챙기느니
차라리 죽어서 안식을 챙기겠어

다랑쉬오름의 비가 6

– 잃어버린 마을

총성! 또 총성이야
'엎드려!'
대나무밭에 숨을까
아니야
팽나무 밑으로 가
'쏜다, 꼼짝 말고 손들어!'

아니 너는 아직도 그 총성에 시달리고 있니
얘, 얘, 놀라지 마
그건 가짜야!
그 사람들 다 갔어

시대는 억새처럼 죽어버리고
봄을 기다리는 건 뿌리 없는 허수아비야
또 다른 가짜들이 이 시대를 흔들지만
그들도 갈 날이 멀지 않았어

해골은 돌담처럼 쌓였고
무덤은 죽은 심장처럼 조용한데

너는 억울했어

오늘 밤 일인극一人劇 보러 갈까
나는 팬터마임이 좋아
우린 그것이 몸에 배어 있어
그래서 소리도 못 지르고 살았지
매운 연기로 눈물이 다 빠져나가니
피도 말라버리더군
팽나무 밑에 새겨놨군
슬픈 말은 말 못하는 화강암이 어울리지
저것이 진짜 팬터마임이야
'잃어버린 다랑쉬마을'이라고
너의 형체는 없어졌지만 다랑쉬 높이는
그대로 있다고
그게 다 서러움을 쌓아 올린 거라고

너의 부모는 이곳에서 갔지만
돌의 숫자는 줄어들지 않았어

밭을 일구고 말을 기르며 살았는데
어느 날 한 마을을 태워버렸지
10여 가구에 40여 명이
팽나무 가까이 집집마다 대밭으로 둥글게 바람 막고
아마 저 팽나무는 기억하고 있을 거야
기억력이 왕성할 때였으니까
사람보다 앞뒤를 재며 산 덕에 아직 살아남았군
사람은 잔인해 불보다 잔인해
1992년 4월에 그러니까 불지른 지 44년 만에
열한 구의 시신이 발굴됐다고 했어
아이 하나, 여자 셋, 남자 일곱, 모두 열 하나

김진생(51) 강태용(34) 고순환(27)
박봉관(27) 고순경(25) 고태원(25)
부성만(24) 이성남(24) 고두만(21)
함명립(21) 이재수(9)

이재수,
너는 그때 아홉 살이었지

증언에 의하면 이들은 4 • 3의 참화를 피해
숨어 다니던 마을 사람들로
1948년 12월 18일
초토화 작전으로 희생되었다고 새겼네
그들이 사용했던 솥, 항아리, 사발 등이
굴 속에 남아 있다고
솥은 사람보다 명이 길고
굴은 솥보다 어둠이 길어
학살도 굴보다 길면 어쩌지
난 좀 늦게 갈 테니 너무 서둘러 인명을 총살하지 마

다랑쉬오름의 비가 7

– 팬터마임

비문은 계속되는데
'다시는 이 땅에 그런 비극이 일어나지 않기를'
바란다고 도지사 이름으로 되어 있어
비극이란 일어나지 않기를 원하는데
일어나니까 비극이란 말이지
그래서 두들기는 내 가슴의 팬터마임
왜 비극이 지난 다음 무대에 올려놓고 다시 아파하는가

새가 우는구먼 파랑새가 대표로 우는구먼
소나무는 푸르고 대나무는 곧고 그러니까 송죽인데
송죽이면 무엇 하나 다 죽은 걸

나그네는 여름에도 겨울옷 한 벌은 더 챙겨야 해
바깥 날씨가 차가울 때가 있지만
사람이 냉정할 때가 더 추워
그리고 무엇보다도 내 가슴의 열기가 식지 말아야 해
내 가슴이 따뜻해야 내 이웃도 따뜻한 거야
다랑쉬가 불쌍하군
이젠 오지 않을래

봄은 아름답지만 겨울까지의 슬픔이 너무 길어
그걸 잊어야 하는데
저 비문 때문에 슬픔이 잊혀지질 않는군
허나 팽나무처럼 늙으면 할 말이 없지

오늘 일인극一人劇이 있다는데
나는 팬터마임이 좋아
그래 그것밖에는 할 짓이 없을 거야
오죽 답답하면 입으로 말하지 못하고
가슴을 칠까

이제 내려갈까
아니면 그대로 공중에 떠 있을까
우울한 비석에 궂은비가 내리네
계속해서 말해봐 비석아
비석이 아파할까봐 다 새겨 넣지 못한 말까지
말해봐

* 다랑쉬오름의 비가悲歌 : 『제주, 그리고 오름』(그림/임현자, 시/이생진, 책이있는마을/2002)에 발표된 시

10년 후

– 우는 나무, 팽나무

팽나무야
너도 죽니?
휘파람새 우는데
따라 울지 않고
너도 죽니?

우리가 죽었다고
너도 죽니?
일년초처럼
한 해만 살고 너도 죽니?
지금 죽더라도
휘파람새 울고
동쪽에 해 뜨거든
너도 소리 내어 울어라
삶은 울음으로 시작해서 울음으로 끝나는 거
울고 나면 시원하더라
그래서 울고 싶은 거

파랑새 휘파람새

네 가지에 앉아 울었는데
너는 더 살지 않고 죽니?

뉘우침

– 다랑쉬굴 앞에서 1

수류탄을 집어 던지고
총을 쏘네
마른 억새풀 구겨 넣고
석유 뿌리며 불을 지르고
한쪽에선
어서 나오라 하네
살려줄 테니 어서 나오라 하네

헌데
굴에서는 나가도 죽고
있어도 죽는다고
이대로 죽자
이대로 죽자 하네

눈 감아도 어둡고
눈 떠도 어두운 세상
누군가 날 선 목소리로
눈 뜨고 죽자 하네

아홉 살 먹은 아이 영문도 모르고
어머니 어머니 찾는 소리 삼키느라
불거진 혀 깨물었네

그로부터 44년이 지난 후
굴에는 영혼도 살려달라던 소리도 없네
그 생명
그 언어
그 숨소리
어디에서 떨고 있는가

무명시인들 모여 앉아
마치 그들이 저지른 죄인 양
뉘우친 목소리로 시를 읽네
다시는 이런 일 없기를 빈다며 시를 읽네
팽나무 가지에 매달린 소지燒紙
바닷바람에 나부끼네
이젠 알았다는 관대한 손짓 같네
하지만

그 아픔 잊겠다고 돌아서면서도
보리밭을 지나 대나무밭에 서면
그때 그 전율이 되살아나 발을 멈추네

다시 찾아온 봄

– 다랑쉬굴 앞에서 2

봄이 왔다
회복을 이끌고 봄이 왔다
하지만 너는 오지 않았다
해마다 떠난 것들이 제자리로 돌아오는 줄 알고
팽나무 아래에서 기다렸는데
너는 오지 않았다
기막힌 일이다
나뭇가지에 이파리가 피고
거미가 이파리에 집을 짓고
개미가 기어 나오고
쇠똥구리가 굴러가고
지네가 납작 엎드려 돌 틈으로 들어가고
개구리가 울고
낮에는 햇볕도 기어들고
밤엔 둥근 달이 기웃거린다
가까운 보리밭에서 꿩이 울고
누군가 다가오는 발자국 소리 내더니
멀어졌다

그러나 꼭 한번쯤 돌아와 살펴 볼 줄 알았는데
너는 끝내 오지 않았다
나도 이제 돌아가면 다시 오지 않을 거다
지금 굴에는 아무도 없다
청승맞게 내가 굴속으로 들어가 촛불을 켜고
기다리다 깊은 밤 감자밭을 돌아다니는
영혼이라도 만날 수 있다면 그런 생각하다가
나도 떠난다
봄마다 팽나무 이파리 필 때 따뜻한 입김
살아 움직일 거다만
이젠 슬퍼할 사람도 오지 않을 거다

진혼가가 찾아가는 길

1

자초지종을 말하기 전에
미안하다는 말부터 할게요

내가 1951년 가을
처음 제주도에 발을 디뎠을 때
지나가는 아낙네들이 사람을 무서워하듯
무명수건으로 머리를 파묻고 가데요
그 까닭 전혀 몰랐어요
그때 한라산은 엄한 입산금지였고
그런 후 오늘로 62년이 되었네요
그러다가 지난 가을
다랑쉬굴을 찾아와서야 그 까닭을 알았어요
더 이상 자세하게 말하고 싶지는 않아요
가슴에 멍드는 소리를 듣고 싶지 않기 때문에
아직도 살아있는 내가
시를 쓰고 있는 내가
죽은 자들을 죽인 것 같은 죄가
내 가슴에 남아 있기 때문에 사과부터 하는 거예요
늦게 왔다고 미워하지 말아요

늦게나마 술 한 병 들고 왔어요
어두운 세상 어둔 굴에서 잠도 못 이루고
밝은 세상 오기만 기다렸겠는데
그대로 어둠 속에서 마감했네요
그저 미안하다는 말밖에 안 나와요
이젠 잠드세요
세상엔 잘 난 사람들이 많은 것 같지만
지나고 보면 못난 사람이 더 많아요
지나고 나서 후회하면 뭐합니까
간 사람들의 목숨은 돌아오지 않는 걸요
시인은 그게 가슴 아파요
그래서 나는 해마다
'잃어버린 마을'을 찾아오는 것입니다

2

이불을 안고 들어왔고
솥을 이고 들어왔고
요강을 들고 들어와
잠시만 피했다 나가려니 했는데

44년이 지나서야 나갔죠
그것도 제 발로 걸어나간 것이 아니라
연기를 마신 코가 다 썩어
콧구멍을 잃은 뒤에 나갔죠
혼이 언제 나갔는지 본인들은 몰라요
산 사람들이 들어와서
삭은 뼈를 흰 종이에 싸 들고 나갔으니까
그리고 또 한번 불가마에 들어가
울지도 못하고 재가 되었으니까
그리고 바다에 뿌려졌으니
뿔뿔이 흩어져 어디로 갔는지 몰라요

옹달샘

– 제주의 눈물

옹달샘*은 석양에 분홍빛이 아름답다
나는 까페라떼
나는 테이크 아웃
나는 맛도 모르며 마신다

사랑은 남들이 하는데
날 사랑하는 것 같아 기쁘고

나는 까페라떼
나는 테이크 아웃
의자에 앉아 식산봉을 보다가
몸을 돌려 일출봉을 바라보며
혼자 마시는 까페라떼

오늘 큰넓궤**에 들어갔다
기어 나오며 마주친 옹달샘
마르지 않은 눈물
제주는 굴이 길수록 눈물이 길다
전에는 그걸 몰랐는데…

멀쩡한 사람을 붙잡고 울자는 건 아니다
더러는 울고 싶을 때 함께 우는 것도 미덕이니 하고
다랑쉬굴에 앉아 운 적이 있다

이젠 제주를 보면 눈물이 난다
그러기까지 60년이 걸렸다
60년이 걸린 곰삭은 눈물
그 눈물도 화산재처럼
검붉다

* 오조리에 있는 분홍색 카 카페
** 영화 '지슬'에 나오는 굴

허許 여사女史 1

– 진도 홍주

허 여사!*
나는 처음으로 여자 이름에 감탄부호를 달았다

허 여사!
그녀는 스물세 살 때 처음 술을 빚었고
나는 스물세 살 때 처음 여자 옆에서 술을 마셨다

허 여사!
하고 내가 세 번째로 부르는 이름인데
그때마다 깜짝깜짝 놀란다
그녀의 이름도 나의 이름도 이젠 쭈그러진 쭉정인데
어딘지 모르게 팽팽한 데가 있다
그녀와 나는 초면이다
만약 그때 만났으면 이렇게 가까이서
홍주를 받아들 처지가 아닌데

오늘은 남매처럼 아주 가까이 술상을 마주하고 있다
앞마당에 날아온 콩새 한 마리
이상하다며 머리를 갸웃거린다

이상할 거 없다고 쫓아버리면
다시 날아와 갸웃거린다

* 허 여사 : 허화자(1929~2013), 진도 홍주 기능 보유자

허 여사 2

– 술이 주인이다

그녀는 술을 빚을 줄도 알고
술을 권할 줄도 안다

홍주는 아무에게나 권하는 것이 아니라며
매서운 눈으로 날 쳐다본다
지초芝草에서 흐른 진홍색 물이
보리누룩과 한 이불 속에 재워
빨갛게 물들었을 때
그때 사람을 만나야 진짜라며
또 한 번 내 눈을 뚫어지게 본다
그땐 사람이 주인이 아니라 술이 주인이란다

그제야 술이 묻는다
너는 술만큼 투명하냐
너는 술만큼 진하냐
너는 술만큼 정직하냐
이때 이 물음에 답하는 것은 내 얼굴빛
내 얼굴빛이 홍주빛일 때
비로소 내게 홍주 마실 자격을 준다

허 여사 3
– 술은 예술이다

그녀는 홍주를 만들며 고양이와 산다
고양이는 새끼가 여섯 마리
추녀엔 포도넌출이 올라가며 고양이를 내려다보고
팔손이나무엔 콩새가 세 마리
홍주엔 꿀을 타야 취기가 누그러지고
안주엔 김이 좋다며 김을 권한다
가끔씩 눈물을 보이는 것은
사노라고 흘렸던 기억이 되살아나기 때문
그림을 하던 아무개가 홍주를 좋아했고
판화를 하던 오윤*이가 이 방에서 3개월 동안
홍주로 살았다며
홍주도 예술이라 말하곤 수줍어한다
가끔 자기 감정에 넘어져 울면
콩새도 팔손이 열매를 놓고 울었다
오윤이 죽었을 때 홍주를 들고 상여 따라갔다며
자기 장례식에 따라간 것처럼 울었다
나보고 이쪽 방에서 시 쓰며 오윤이처럼 살라 하는데
나는 멋쩍어서 머리만 흔들었다

* 오윤(1946~1986) : 판화가, 간경화로 타계

허 여사 4

– 달을 빚는다

달구경 가자 한다
그믐인데 무슨 달이냐 했더니
'술을 만드는 사람이 그것도 못 만들까봐' 하며
방에 들어가 누룩으로 달을 빚는다
술잔에 가득 찬 달이
그녀와 나를 번갈아 보더니
하늘에 와서 살지 않겠느냐 묻는다
나를 흘긋 쳐다보고는
그녀가 먼저 머리를 흔든다

허 여사 5

— 정情

안다고 했다
뭘 아느냐 했더니
누룩을 보면 술을 알 듯
얼굴을 보면 안다고 했다
그럼 관상을 보느냐 했더니
누룩을 보면 술을 아는 것뿐인데
술 마시는 사람은 누룩 같다고 했다

건넌방에 살던 화가 같다고 했다가
어려서 잃어버린 동생 같다고 했다가
동생은 무슨 동생
내 생일이 원데 했더니
빙긋이 웃으며 그럼 '오빠' 하고
달처럼 웃는다
콩새도 웃는 모양인데
콩새는 나뭇잎이 가려서 보이지 않고
이제 간다고 일어섰더니
마당에 널어놓은 고사리를 신문지에 싸서

배낭에 넣어준다
오랜만에 만난 누이 같아서
주는 대로 가지고 나왔다

어린애처럼 카톡이 좋다

어느 날 병실에 있다는 독자에게서
카카오톡이 왔다
'병실인데요,
할머니에게 읽어드릴 시를 추천해 주세요'
그래서 시바타 도요 할머니의 『약해지지 마』에서
시 한 편 꺼내줬더니
병석에 누워 시 읽는 사진을 찍어 보내왔다
야학에서 한글을 배운 실력으로
시 읽는다는 할머니

'아흔다섯
나를 시작으로
아흔넷, 여든아홉, 여든여섯
여자 넷이 머무는 병실'*

이렇게 시작하는 시바타 도요 할머니의 시를
세상에 태어나 처음
시를 읽어본다는 할머니가 보기 좋아
원추리꽃 사진을 찍어 카톡으로 보내준다

독자를 이렇게 만나기는 처음이지만

시를 쉽게 써서

쉽게 전하고

쉽게 읽고

쉽게 감동하는 소식을 들으니

나도 어린애처럼 카톡이 좋다

* 『약해지지 마』 시바타 도요 지음 / 채숙향 옮김 (지식여행, 2010) 52쪽

도都 씨氏와의 카톡

'샘, 섶섬 위에 달이 보이오'

도 씨가 보낸 카톡이다
도 씨는 나의 노숙을 대행하는 업체다

섶섬이 보이고
문섬이 보이고
범섬이 보이고
맑은 한이 보이지만
도 씨 눈엔 '지슬'이 보이지 않는다
눈을 비벼도 눈곱만 부스러지지
지슬이 보이진 않는다

자네, 서울에 가 지하철에 앉았으면
사람인지 인간인지 헷갈린다 했지
어지러워서 헷갈린다 했지
하지만 서울에 있으면
섶섬도 보고 싶고
문섬도 보고 싶고

범섬도 보고 싶어 죽을 거라고 했어
그때에도 지슬이 보인다는 소리는 하지 않았어
사람에 따라 그렇긴 해
왜 나는 자네에게 '지슬'을 보라고 하지 않았을까
가파도에 가 청보리는 보라고 하면서도

자네는 너무 환각상태여서 탈이야
그래 그것은 좋아
사람 사는데 방법이 있는 것은 아니니
요즘은 자네의 노출이 심해
그건 자네에게 숨어있는 노자老子 때문이지

은행나무의 비망록

– 방학동

870년 된 은행나무와
85년 된 내가 마주 서 있다
내가 찾아왔지 은행나무가 찾아온 것은 아니다
은행나무와 나는 그런 관계를 따진 적이 없다
그러니 다음에 무슨 일이 일어나도
서로 따질 일이 아니다

나는 은행나무 앞에서 '나도 저만큼 산다면?' 하고
의사를 던진 적이 있으나
은행나무는 들은 척 하지 않았다
그래서 은행나무는 존경 받는 것이다
늙을수록 말이 없어야 존경 받는 것은
나무나 사람이나 마찬가지다

내 수명이 은행나무보다 짧다는 것은 분명하다
나는 오늘이라도 급사할 가능성이 많다
허나 은행나무는 급사할 염려가 없다
그런 생각

은행나무는 내가 무슨 생각을 하고 있는지 모른다
그와 같이
지금 문제가 된 것은 까치집이다
까치들이 은행나무에서 까치집을 헐고 있다
작년엔 두 채 헐었는데
올해에는 남은 한 채마저 헐고 있다
5년 전에는 여섯 채였는데
다 헐어버린다 왜 그럴까
떠나더라도 비워둔 채 떠날 수 있는 것을
다른 곳에 옮겨 짓기 위해 그러는 것인가
아침부터 부산하다
나는 까치의 말을 알아듣지 못한다
은행나무가 나가라고 했나
무슨 권리로

이것은 은행나무와 까치와의 문제인데
아무도 걱정하는 이가 없다
그러나 나는 걱정이다

까치가 나뭇가지에 앉아 있다

이 쪽 저 쪽 여섯 마리가 앉아 있다

사건은 큰 사건인데 아무도 해결해주려 하지 않는다

나는 이 현장을 2008년 1월 10일에 목격했는데

지금(2013년 1월 10일)도 그 의문을 풀지 못했다

그리하여 나의 시는 뒤로 미루게 된 것이다

지금(2014년 2월 19일) 은행나무엔

까치집이 한 채도 없다

금연구역

사방을 둘러봐도 내가 싫어하는 사람들이다
'제발 담배를 꺼 주세요 죽을 것 같아요'
그 소리가 목구멍까지 나왔지만
말은 못하고 나도 연기를 마셨다

아홉 명이 담배 피는 사람들
나 혼자만 담배를 피우지 않으니 압사당할 것 같아
코를 막고 나만 들리는 소리로
'담배를 꺼주세요 죽을 것 같아요'
담배 피는 사람은 이 심정을 모른다
내가 담배 피는 사람의 달콤한 맛을 모르듯이

여기들 계시네
– 육필문학관

아주 가신 줄 알았는데
여기들 계시네
강화도 육필문학관
육필로 계시네

조병화(1921~2003)
구　상(1919~2004)
김춘수(1922~2004)
박재삼(1933~1997)

아주 가신 줄 알았는데
여기들 계시네

시가 뭔데

시가 뭔데
나는 늘 이 물음을
입에 물고 잔다

시가 뭔데
잠자리냐
매미냐
아니면 나비냐
오늘 아침 일어나 보니
나비가 깨꽃을 입에 물고
죽었더라
맞다 맞다
그게 시다
꽃을 물고 죽은 나비
그게 시다
나도 그랬으면

갈매기와 새우깡
– 주호와 루미

주호와 루미는 강화도에 산다
주호 씨는 조각가이고
루미 씨는 시인이다
두 사람의 이름으로 엽서가 날아왔다

'석모도 앞에서
새우깡을 물고 있으면 갈매기가 채 갑니다
배를 따라가는 갈매기에게
새우깡을 던져주고 받아먹는 묘기를 보고 있노라니
가겟집 아줌마 왈
우리 집이 대한민국에서 새우깡을 제일 많이 팔아요
하루 30박스
(한 박스 12봉지면)
하루에 360봉지 팔아요'

주호 씨는 입에 새우깡을 물고 있고
다섯 마리의 갈매기가 입으로 날아드는 그림엽서
갈매기의 묘기도 묘기지만
갈매기가 물어다 주는 지폐를 모으는 자영업

나도 강화도에 가서
갈매기랑 새우깡 팔고 싶다

교동도 인상기

가도 가도 황금벌판
교동도에 와서 교동도를 찾지 못한다
아무리 걸어도 바다는 나오지 않고
아무리 바람이 세도 기댈 절벽이 없다
백 년을 살아도 잎이 피지 않는 전신주가
논두렁에 박혀 나오지 못한다

연산군의 유배지가 여기 어디라는데
아무도 정확한 적거지를 내놓지 못한다
천 년을 살았다는 물푸레나무가 돌에 박혀 고생고생이다
바다를 찾다가 호수에 빠져 술독에 빠진 듯
주저앉아 술을 마신다
들녘은 한참 수확기라
술독에 빠진 사이
순식간에
콤바인이 먹어버린다

만재도 그 사람

만재도 윤민순 씨는
서울에 천만 명이 살아도
아는 사람이라고는 이생진 하나
그러니 서울에 이생진이 없으면 서울은 없는 것이라고
웃어가며 말하던 그 농담이 진담이다
그렇게 윤민순 씨에게 이생진은 희귀종
그건 이생진도 마찬가지
만재도에 아는 사람이라고는 윤민순 씨 하나
그러니 만재도에 가면
섬마을에 윤민순 뿐이었는데
그런 윤민순 씨가 갔다
그가 가고 나니
배에서 내려 그의 집 앞을 지나가기도 싫고
정자에 앉아 있기도 싫다
그는 겨울밤이 길면 전화를 걸어 언제 오느냐 했다
그는 홍어잡이 배에서 팔을 잃은 외팔이 어부
손 하나로 잡은 우럭을 끓여놓고 인생을 이야기하던
나의 깊은 철인哲人

내 시집을 머리맡에 놓고 갔는데
만재도에 그가 없으니
그가 없으니…

고추잠자리

긴 여름
지루한 장마
게릴라식 폭우에도
살아남은 고추잠자리
꼬리를 물고 놓지 않는
에어 섹스

높이 날아라
하늘 높이
날아라
너의 섹스
하늘만큼 아름답다

메꽃과 갯메꽃 사이

메꽃은 밭둑에 피고
갯메꽃은 바닷가에 피는데
간혹 메꽃이 바닷가에 피는 수가 있다
나처럼 바다를 좋아한다고나 할까
그런 메꽃
그렇지만
메꽃과 갯메꽃이 한 자리에 있을 경우
나는 갯메꽃 쪽으로 간다
그럴 경우 메꽃의 표정은 싸늘해지며
밭둑으로 돌아가고 싶어 한다

바닷가에 서 있는 것들

바닷가에서 소나무에게 말을 건넨다
'너는 하루 종일 바다를 볼 수 있어 좋겠다'
소나무는 말 할 줄 모르고 바람에 흔들리는 모습이
그렇다는 뜻으로 해석된다
하지만
소나무는 하루 종일 바다를 봐도 소나무이고
나는 하루 종일 바다를 봐도 나다
'나란 무엇인가?' 하고 묻는다
그 물음도 그 대답도 쓸쓸하다
바닷가에서 바다가 아닌 것들은
공연한 질문에 답이 나오지 않는 것처럼
쓸쓸하다

추억과 먹거리

추억이 있다는 것은 이야깃거리가 있다는 것이고
이야깃거리가 있다는 것은
아직도 살아 있는 사람의 짓이다
그 이야기를 나누며 먹거리를 먹으면
음식 맛이 좋아진다
30년 전에 만나서 30년 전에 먹고 헤어진 피자파이를
30년 후에 먹으며 30년 전 이야기를 한다는 것은
피자도 맛이 있고 이야기도 맛이 있다
그것을 글로 쓰면 시가 되고 수필이 된다
30년에서 40년 50년 60년으로
거슬러 올라가는 수도 있다
그런 것은 세월이 길었던 사람들의 몫이다
그곳엔 전쟁戰爭도 정쟁政爭도 있다
폭탄이 터지고
화염병을 던지고 최루탄을 쏘던 추억이 있어
이야기는 피자파이를 다 먹은 뒤에도 이어진다
그리고 '30년 후'라는 제목을 달아본다
우리의 만남도 그런 것을 추억해보는 일이라

이야기 거리가 된다
만나지 못하고 눈물에 지워지다가
말라 버리는 수도 있다
피자파이가 아니라 자장면 한 그릇 먹지 못한 친구
그 친구가 지금 나 같은 생각을 하고 있을까 하고
오늘 일기를 쓴다
그것이 글 쓰는 버릇이다

그로부터 65년

1945년 8월 15일
그때 나는 16세 중학교 3학년
일본 사람들이 찍소리 못하고
일본으로 돌아가는 모습을 보고 불쌍히 여겼는데
어쩌면 저렇게 쉽게 망하느냐고

그 사람들 중에는 일본으로 가면
잿더미 땅을 일궈야 먹고 산다며
호미와 삽을 싸 들고 가는 사람이 있었다

1945년 8월 15일
나는 처음 보는 태극기에 반해
밤을 새워가며 만세를 부르고
다음 날 밤도 밤을 새워가며 만세만 불렀다
만세 부르는 것이 그렇게 좋을 수가

그러다가 5년 후
덜컥 6 · 25 전쟁이 터지고
그때 나는 스물한 살

군복을 입고 야전용 막사에서 달을 보며 보초를 섰다
그런데 그 군복과 그 천막이
일본 사람들이 만든 것이었다
입고 있는 러닝셔츠도 그렇고
양말도 그렇고 장갑도 그렇고
그때 호미와 삽을 싸 들고 돌아간
일본사람의 얼굴이 떠올랐다
잿더미에서 치솟은 얼굴
그리고 20년 후 그 사람이 한국에 들어와
자기가 살았던 마을을 둘러보며
그때 가지고 간 호미와 삽이 고마웠다고 말했다

6 · 25 전쟁을 치른 한반도
이번엔 한반도가 잿더미로 변하고
잿더미에서 지뢰를 밟으며 탄피를 줍고
추락한 비행기 날개를 뜯어 밥그릇을 만들던 손으로
자동차를 만들고 기차를 만들고 비행기를 만들고
인공위성도 만드는 사람들인데
왜 통일은 못 만들까

사방으로 다리를 놓고
사방으로 길을 내고
사방으로 굴을 뚫고
사막에 도시를 세우고
바다를 메워 육지로 만드는 사람들인데
왜 통일은 못 만들까

1945년 8월 15일
그때의 만세소리와 지금의 만세소리
그 차이를 나는 귓속에서 느끼며
아파트 13층 베란다에 태극기를 거는
지금
태극기에게 미안하다

그저 말씀대로

시를 많이 읽고 많이 썼지만 가훈 하나 없고
인근에 교회가 많지만
신발 벗고 들어가 기도 한번 못했다
산에 가면 대웅전 앞을 지나다
대웅전 앞에서 합장은 하지만
스님의 마음을 다 읽지는 못했다
그래서 그동안 이력서 종교란에 무無라고 적었다
그러나 지금 이 시점
물병에 마실 물이 거의 바닥 난 이 시점
나는 어른들 말씀 그대로 살고 싶어
자기 전에 꼭 기도한다
어머니 말씀
아버지 말씀
그리고 다른 어른들 말씀
할아버지도 어른이고
선생님도 어른이고
이웃 어른도 어른이다
어른들 말씀
그 말씀대로 살다가 가고 싶다고 기도한다

야단이죠

살아 있는 것들은 야단이죠
매미는 한 번이라도 더 울다 가겠다고
야단이고
시인은 한 편이라도 더 쓰다 가겠다고
야단이고
상인은 한 푼이라도 더 벌다 가겠다고
야단이고
사고방식은 달라도 다들 야단이죠

공원에 있을 때 하고
시장에 있을 때 하고
다 달라요
공원에 있으면 나무처럼 조용하고
아마 나도 나무처럼 조용히 서 있으면
매미가 나무인 줄 알고
내 목에 앉아 울 걸요
그럼 내 목에서 매미 소리가 난다고
야단이겠죠
그런데 시장에서는 달라요

내게 상품성이 없으니
물건 값을 물어보는 사람이 없죠
'그럴수록 조용히 있어야죠'
매미도 이번 왔다 가면 그만일 겁니다
알고 보면 살았을 땐 모두 야단인데
매미가 시장바닥에서 울 수는 없잖아요
그럼 무슨 까닭이 있나요
매미는 조용한 데 가면 그저 울고 싶은 거죠
그래서 매미의 울음이나 시인의 시나 같은 발상이죠
나도 조용하면 울고 싶어요

매미의 현장 1

공원 벤치에 앉자마자 매미가 운다
17년간 땅 속에 묻혔다가 지상으로 나와
겨우 7일간 살고 간다는데
저렇게 울기만 해서야

말매미 울고 나면
쓰르라미 울고
쓰르라미 울고 나면
유지매미 울고
오늘로 며칠째 우는 것인지
죽을힘을 다해서 운다

계속된 장마로 울지 못한 것을 곱빼기로 우는 것인가
저게 매미의 생태라곤 하지만
세상에 태어나 울기만 하다 가는 오기傲氣는…
아니지 그게 아니지
저것들은 웃느라고 하는 짓인데
우리가 잘못 듣고 있는 것이지

* 매미 : 암컷은 벙어리이고 수컷이 짝짓기를 위해 운다고 한다. 참매미, 유지매미는 5년 주기로 지상에 나온다.

매미의 현장 2

– 파브르의 곤충기

여기만 오면 시가 된다
세심천洗心泉 공원 언덕길
내가 사는 아파트 근린공원
참나무 사이에 벤치 하나
여기 앉아 있으면
벌레 구멍에서 애벌레가 기어 나오듯
시가 나온다

오늘은 매미에 관한 시
파브르에게 보여주고 싶어
'나는 당신의 곤충기를 읽다가
매미에 관한 시를 썼소' 하고 자랑한다
시를 쓰며 은근히 자랑하고 싶은 버릇
공원은 그런 버릇을 감싸주어 좋다
물론 파브르 없이도 매미는
17년 주기를 위반하지 않는다
그러고 보면 파브르는 명예직이다
아니다 파브르는 이미 신격화 된 시인이다
그가 쓴 곤충기는 나의 도서 목록에
시집으로 등재된 지 오래다

매미의 현장 3
– 바보 같은 자문자답

저렇게 악을 쓰며 우는데 모른 척 할 수도 없고
심각하다
심각할 것 없다 나와는 상관이 없으니
상관없는 게 뭐냐 자꾸 우는데
그건 과민이다
그럼 왜 내 발자국 소리에 울다가 그치는가
그쪽이 과민이지
과민한 것은 시인이다
매미도 울지 않을 때는 시를 쓴다
그것을 받아쓰기 위해 시인이 있는 거다
따지고 보면 시인은 매미보다 더 길게 우는 곤충이다

공연히 서울역에서

아무데도 가지 않으며
공연히
서울역 에스컬레이터를 타고 올라갔다 내려온다
이럴 때 나는 '공연히'와 사는 것 같다

열차시간표에서 목포를 목표로 했을 때의
뜨거운 여름
그 순간
내가 혼자인 것을 알아버린다
옆에 있는 노숙자에게 듣고 싶은 말을 청하고 싶은데
그는 이미 언어와 분리 된 상태
그의 헝클어진 머리에 먼지가 부산하다
죽은 언어들의 폐기장
나는 공연히 그런 데를 돌고 있다

착한 바보

나는 꼭 지정석에만 앉는다
전철 칸에서
아무리 일반석이 비어 있어도
나는 꼭 노약자석에 앉는다

석계역에서 의정부로 가는 전차
텅 비어가는 전차에서도
그랬다
비가 오나
눈이 오나
지하도에서는 눈이 오는지 비가 오는지 모르지만
석계역에서 창동역까지는
지하가 아니다
산이 보이고
눈이 보이고
구름이 보이는 지상이다
나는 내가 봐도
어느 때는 아주 바보 같이 보인다

연애를 생각하며

때때로 연애를 생각하는 일도
삶엔 보탬이 된다

저 사람이 광화문역 계단에서
아니면 충무역 계단에서
시멘트 바닥에 신문지 깔아놓고
엄동설한
영하 10도 밑바닥에서
갈라진 손바닥을 내밀어 구걸하는 것을 보면
가슴을 외는 듯 나도 춥고 배고프다
하지만
그 사람을 떼어놓고 지상으로 올라오면 화려한 빌딩
카페에서 나를 바라보며 마시는 커피
카페라떼 아니면 아메리카노
그리고 미소 짓는 그녀의 입술
연애 중이겠지
울 땐 울더라도
비싼 연애가 있다는 거
정말 아름답다

남의 연애지만 내 구역에 들어 있어 훔쳐본다
나는 지하의 할머니와
지상의 연애를 대비하려는 것이 아니다
그저 지나가다가 생각이 밀어닥친 것인데
극과 극을 좁히려고 고민하는 것도 아니다
그래서 나는 살아가면서 아무런 이득이 없다
시에서는 인기도 불순물이라
미숙한 정치 발언은 더욱 더
시는 연애에서 감전되는 것이니
남의 연애에 감전되어
시를 쓰는 것은 비겁한 일이지만

도봉산 색소폰 소리

도봉산 계곡
가을 잎 타고 내려오는
색소폰 소리

녹야선원 가는 다리 위에서
하루 종일 색소폰 부는 사람
한 곡 불고 한숨 쉰다
그 한숨이 색소폰보다 길다
색소폰 소리가 멈춘 사이
계곡물이 색소폰으로 들어와
다음 곡을 적시는 눈물의 노동

'이 불구자에게 온정을 베풀어주세요'
그가 내건 육성의 간판

도봉산 색소폰 소리
색소폰 소리와 함께하는 아픔
1,000원 한 장 바구니에 넣고
나도 아픈 척 한다

미행

고독이 날 미행했다
후미진 곳까지 미행했다
그때마다
나의 고독은 불법이 아니었다

소무의도의 겨울바람

이 겨울에 미쳤다고 가니
미쳤으니까 가지
픽 하고 웃는다

언덕까지 올라오는데 수십 채
문을 닫았다
바람도 출입금지
투명한 비닐도 바람을 볼 수 없고
바람은 집 밖에서 서성댄다

대무의도 다리 건너 소무의도
국사봉 언덕 너머 소무의도 찬바람을 안고
쓰러질 듯 서 있는 겨울 섬
올라서면 팔미도 매랑도
개구리섬 앞에 뱀섬
뱀도 개구리를 잡지 않는 겨울의 휴전
바람의 무리수에 펄럭이는 만선기
새파랗게 열이 올라
바위뿌리를 뽑는다

시인의 눈물

시인은 눈물이 많다
겉으로 흐르는 눈물보다
속으로 흐르는 눈물

겉으론 웃고 속으로 우는 얄미운 성격
아니면
울기 위해 태어난 것은 아닌지

안과에 가 물어본다
'바람만 불어도 눈물이 나니, 왜 그렇죠?'
의사가 말한다
'노안老眼이죠'
노안? 젊어서도 그랬는데

의사가 프로이펜*을 처방해 준다
흔들어서 하루 세 번씩 눈에 넣으라고
이번엔 프로이펜이 눈물이 되어 나온다

* 프로이펜 : 안약

나의 사각지대
– 겨울 섬

추운 겨울은 긴데 하루 하루는 토끼꼬리 만하다
가다 말고 수첩을 꺼내 그 이유를 묻[問]는다

'아무도 오라고 하지 않은 길을
왜
해가 짧다며 가느냐?'

보길도 선창리 앞
상도
갈도
옥매도
모두 외면하고 돌아가는 저녁노을 길
어둠이 삼키는 수평선을 바라보다가
일몰과 함께
보족산 너머 갯돌밭에 털썩 주저앉는다
내가 보이지 않는 사각지대
돌밭에 앉아 밀려오는 물에
나를 묻[埋]고 물[問]어도 대답하지 않는다
더 이상 심문하지 말라

시계가 죽었다

시계는 시간을 챙기지 못하면 죽고
나는 밥을 챙기지 못하면 죽는다
헌데
시계의 밥은 내가 챙겨 주지만
시계는 내 밥을 챙겨 주지 않는다
서로 공생共生하는 척 하면서
서로는 공전空轉이다

나는 시계가 없으면 갑갑한데
시계는 나 없이도 간다

나는 시계에 밥을 준다
오늘 죽은 시계에게 새로 산 건전지를 줬더니
시계가 간다
무도장에 나온 무희처럼 신나게 간다
시계는 건전지를 먹고
나는 밥을 먹고
시계는 바늘로 가고
나는 발로 가고

벽에 걸린 시계에 건전지를 갈아 줬더니
신나게 간다
죽은 내 발에 새 신발을 신겨 주면
나도 저렇게 걸어갈까
내가 죽은 뒤에도 시계는 간다
건전지가 살았으니까
건전지가 죽으면 시계도 죽는다
생사生死는 건전지에 있다
하지만 건전지는 혼자 가지 못한다

시계가 죽었다!
실은 건전지가 죽었는데
시계가 죽은 척 한다

월정리 고래가 될 풍경

1

월정리 바닷가 흰 모래밭을
맨발로 걸어간다
거침없이
주저 없이
걸어간다
그런 나를 갈매기가 부러워한다
날개 없이 날아갈 것 같으니까

모래가 간지럽다고 하니
발바닥도 간지럽다 한다
지나가던 관광객들은 물빛에 끌려
'까페'에서 테이크 아웃을 들고 나온다
바다를 마시고 싶은가 보다

2

월정리 마을 스피커가
뻥튀기처럼 터진다
'오늘은 구좌읍민이 김녕체육관에서
체육대회를 여는 날입니다 참석하시기 바랍니다'

그리고 스피커는 꺼진다
스피커가 꺼지고 지글거리는 뒷소리에
멀리 바다 위에서 하얀 풍차가 돈다
풍차는 아랫것들의 말에 귀를 기울이지 않는다

3

리사무소 앰프가 완전히 꺼지고
모래를 쓸고 내려가는 바다의 말초신경이
바위 사이에서 헝클어진다

'고래가 될'* 꺄풰에서 낙서는 셀프다
꺄풰라고 쓰는 것도 그런 이유다

'네가 떠나도 네가 될 누군가가 올 거야'**
공감이다
연애 지상주의자의 신조

부서진 의자 등받이에 묶어놓은 장미꽃이
시들기 전에 도망가려고 몸부림친다

'네가 떠난' 모양이다

4

밤이 조용하다

고래가 될 꺄뤠도 조명을 끄고

별을 밖으로 내몬다

별이 포동포동하다

* 구좌읍 월정리 바닷가에 있는 카페

** 낙서

잃어버린 마을의 고사리

2013년 5월 5일
새벽 다섯 시 삼십 분인데
벌써 고사리 꺾으러 온 사람들이
차를 길가에 세워놓고 있다
산 사람은 일해야 먹고 먹고 일해야 또 산다
다랑쉬오름은 보여도
아직 고사리는 보이지 않는 시각
고사리보다 먼저 나와서 고사리를 기다린다
고사리는 잠옷을 벗을 시간이다
해가 다랑쉬오름에 입맞추고
다랑쉬오름이 해에게 손을 뻗친다
자연의 교감은 아름답다
고사리가 보이기 시작한다
마른 억새 발 밑에 있다

지나가는 사람들

– 다시 다랑쉬굴 앞에서 1

발을 돌리지 못하고 서 있는
나그네

굴에서 누가 나올 것 같은 새벽
팽나무 가지 위에서 새가 운다
휘파람새다
누굴까?
누구라니? 하고 되묻는다

저 수평선!
말 없는 그리움
저걸 보면 집 생각 절로 나는데
왜 집에 가지 못할까

그들은 묻지도 대답하지도 못한 채
한 줌 재로 바다에 뿌려졌다
이제 굴에 남은 것은 말 못하는
혁대
안경

이빨

신발

간장항아리

숟가락

주걱

주전자

그리고 요강

제주시 구좌읍 세화리

4 · 3의 현장

다랑쉬굴

휘파람새가 운다

질경이와 쑥

소루쟁이풀

찔레꽃

억새 사이사이 고사리

노란 유채꽃

나그네는 서 있고

아픔이 지나간다
아직 통곡이 남아 있는데
우는 사람이 없다

위로하기 위하여

– 다시 다랑쉬굴 앞에서 2

시를 쓰는 일 이외에
시인이 할 수 있는 일은 무엇인가
시와 더불어 울고 웃는 일
남들이 저지른 죄를 찾아 사죄하는 일
바보처럼 엎드려 절하는 일
때리면 맞는 일

11년 전에 하고 싶었던 진혼 퍼포먼스를
오늘 다랑쉬 굴 앞에서 할 수 있어 다행이다
팽나무에 흰 무명천으로 그들의 날개를 달고
소지를 태워 가고 싶은 데로 가라는 축원
꽃과 떡과 술과 귤을 진설하고
정성껏 쓴 시를 읽으며 떠도는 영혼을 달래는 일
마치 내가 저지른 죄를 사죄하듯
'떠나던 날'을 노래하고
'이어도 사나'를 기타에 맞춰 부르고
나는 건을 쓰고 머리 숙여 눈물로 사죄한다

시인은 시를 쓰는 것으로 할 일을 다 한 셈인데
현장에서 소리 내어 읽는 이유는
아직도 풀리지 않은 가슴을 풀자는 것

가슴에서 풋내가 난다
가슴에서 보리피리 소리가 난다
가슴에서 따뜻한 찔레꽃 향기가 난다(2013.5.5)

강요배의 달

강요배의 달*은
〈알〉**이다

오름에 내려놓은 마지막 서러움이
억새 밭 여치에 업혀 잠들 무렵
흙에서 빠져 나오는 검은 시간의 알
그 알에서 무엇이 부화되려나
해뜨기 전에 열어보고 싶다

그 다음엔
조용한 승천

그뿐
다시는 돌아오지 마라 그 서러움
눈물도 피도 뼈도
다시는 돌아오지 마라 그 흙으로
우리는 뜬 눈으로 흙에 묻힌 시간이 길었다

* 강요배 : 제주의 화가
** 강요배의 화집 : 『땅에 스민 시간』 〈알〉 (2006/학고재) 35쪽

폐가 1

이쪽 폐가에서 저쪽 폐가가 보이고
저쪽 폐가에서 이쪽 폐가가 보이는
서로 버림받은 위치
무슨 까닭인지 전화선을 끊고 갔으니
확인할 수 없다

폐가 2

담쟁이넝쿨이 샅샅이 뒤져도
빈집에
떠난다는 시말서始末書가 없다

폐가 3

폐가廢家

이 집 주인이 날씨를 보느라 바라보던 바다를
주인이 아닌 내가 부서진 창문으로 내다본다

가거도 2구 항리마을
이 자리에 서 있으면 물어보고 싶은 섬 하나
국흘도
국흘도 아랫도리에 안개가 자옥하다
모든 섬이 그러하듯 국흘도도 언어장애
바다가 지나치게 평온하다

다 떠나보낸 빈 털털이
빈집이 날 붙잡고 하소연한다
나도 빈집처럼 할 말이 없다

폐촌 〈주〉

폐촌의 1, 2, 3, 4는
시집『우이도로 가야지*』에 있습니다.
그리고 이 시들은
가거도 항리 섬등반도에서 만난 폐촌입니다
가슴이 아파 마을 이름을 밝히지 않으려다
내 시는 실명을 거침없이 꺼내는 버릇이 있어
할 수 없습니다
나도 곧 폐기될 것을 감안하면
시가 하는 일을 막을 수 없습니다

폐촌 5

몇 년 전이던가
통통 여물었을 때 찾아가서
반갑다고 손잡고
꽁보리밥이라도 잘 먹었다고
재워준 것을 못 잊어 손을 놓지 못하던 그때가
20년
30년
40년
아니 50년이 지나
다시 찾아가니 이젠 악수할 사람이 없다
다섯 채의 마을 집이 벽 하나만 남아 갯바람을 막고
창문으로 내다보던 바다가
창문이 무슨 죄인지 바싹 엎드려
바다하고는 영 인연이 없다
폐허란 이런 것인가
나의 폐허를 예감하며 언덕길을 내려온다

폐촌 6

어두운 밤
빈집 지붕으로 올라간 고양이
밤바다를 즐기려나
아니면 검은 염소 찾아가나

위험한데
위험한데 하다가
날이 샌다

폐촌 7

달이
저 달이 하고
달을 보다가
옛날 교과서에서
시 한편 뒤진다
달이라는 시
달이 다 넘어가는데 그 시가 없다
차라리 달이라는 시를 자작한들

폐촌 8

바위도
절벽이 답답하니까 바다 쪽으로 창문을 냈다

폐교 1

언덕에
태극기 휘날리며
우렁차게 퍼지던 월요일 아침 스피커 소리
교장선생님이 제일 높은 계단에 서 있고
교감선생님은 다음 계단
그 다음에 담임선생님
교실마다 바다를 내려다보며 키우던
'꿈과 넓은 포부'
교훈을 떼고
급훈을 떼고
폐교 선언도 없이
비워둔 학교
밤엔 유령이 나올 것 같다
아이들의 목소리는 모두 바다에 침몰되고
민들레와 토끼풀은 여름방학으로 착각한 채

폐가보다 서두른 폐교
떠나기 싫은 슬리퍼 한 짝
책 읽는 소녀와 반공을 외치던 어린 동상

철근이 녹슬었다

마른 나뭇가지를 끌고 가며 뒤돌아보던
김씨의 집도 결국 폐기처분
길은 남아 있는데 걸어갈 사람이 없다
고양이는 길 없는 대나무 숲으로 들어가고
시비是非 없는 외로움만 남았다

폐교 2

갈라진 벽 페인트
누렇게 무거워지고
하늘에 뜬 흰 구름
운동장 위를 지나갈 때마다
아이들을 찾는다

오륙五六, 칠팔七八

– 섬

부산에 오륙도
신안에 칠팔(발)도
五六, 七八

섬은 방향에 따라 五六으로 나뉘고
마음에 따라 七八로 바뀌네
나는 어디로 가는 배인가
내 배를 타고서도
내 방향 헷갈리네

갈매기 따라 오륙도로 가는가
아니면 바다제비 찾아 칠팔도로 가는가
五六, 七八
동 서 남 북
나는 어디로 가는 배인가
내 배를 타고서도
내 방향 헷갈리네

김옥진 시인

그가 보내온 시집『무덤새』
봉투에 ojkim61@hanmail.net라는
이 메일 주소가 있기에
그의 시 '계곡'을 읽고 메일을 보냈다

'흘러가라
내가 버린 약병들, 나를 버린 신발
발가락 사이 무좀도
손톱 밑 가시도, 욕창도, 요실금尿失禁도, 숟가락도, 손거울도
오지 않은 사랑도'

아무도 쓰지 못하는 시
김옥진만이 쓸 수 있는 시
그래서 슬프고 아픈 시
아파서 쓰는 시는
자랑하고 싶어서 쓰는 시가 아니다
그래서 머리가 숙여진다
그밖엔 더 말할 것이 무엇인가

눈사람

산언덕 넘어가는데
누가 버리고 간 아기 눈사람
외롭다 보채기에
지팡이 세워놓고
한참 놀다 가네

컴퓨터의 배설

컴퓨터는 아는 것이 많다
그래서 늘 그 놈에게 매달린다
전립선에서 귀두까지
귀두에서 기능까지
환하게 공개되는데
불행하게도 옳고 그른 것을 가리지 못한다
온종일 아니
밤새도록 누군가가 짜증을 내도
어느 놈은 깔깔거리고
어느 년은 허벅지까지 걷어 올리며
다가온다
무엇을 어떻게 하자는 것인지
저게 진품인지 가짜인지
눈뜨고 당할 것 같아서
슬금슬금 비밀번호를 챙기는데
저 찬란한 불빛 아래서는
내가 당할 거라는 예감에 불을 끄려 할 때
결국 배설은 내 몫이다
나는 컴퓨터의 귀두에 불과하다

도심의 귀로
– 정규직

귀로歸路엔
새 우는 소리와
콧노래가 함께 했으면 좋겠네

천만에
도심의 귀로는 위험천만
횡단보도일수록
오토바이가 종횡무진이고
택시는 횡단보도까지 앞바퀴가 넘어왔네
금연구역일수록 담배를 힘차게 빨아드리는 철면피
에스컬레이터는
앞사람이 쓰러질 것 같아 과민인데
젊은이들은 그 핑계로 껴안는 것인가
지하철에서 쏟아져 나오는
한여름의 폭염
그래도 정규직 하나 얻었으면 좋겠네

공원에서 생가까지

공원엔 나무가 무성하고
나무 아래 그늘이 있다
IT 때문에 실직된 비둘기
그늘을 밟고 벌레를 찍는다
벌레는 찍소리 못하고
세상을 떠나지만 서러워하는 벌레가 없다
벌레의 돌연사
오후 두 시의 나무 밑은
조용하기보다 잔인하다
이런 때 매미라도 울면
제격인데
잠자리밖에 없다
잠자리는 아무리 진화시켜도 노래할 줄 모른다
그 사이에 미화원은 벤치 밑을 쓸고
나는 잠시 일어나 벤치를 양보한다
그는 돈 받고 일하는 정규직이고
나는 세금을 내고 벤치에 앉았다 갈 비정규직
얼마 후 무당벌레가 새 옷을 입고 지나간다
무당벌레만 봐도

생각이 생가生家 쪽으로 기우는데
청춘은 재생되지 않는다

내가 쓴 시를 내가 읽는다

독자가 헌책방에서 사왔다는 시집
『혼자 사는 어머니*』에
사인을 해주고 돌아와서
집에 있는『혼자 사는 어머니』를 읽는다

섬에서 만난 갑장 동갑네
설움의 발원지 1929년생
그들이 살고 있는
여서도
청산도
대모도
소모도
섬에서 만나니 반갑다

해방되던 해 어디 있었죠?
6 · 25 땐?
그럼 군번은?
버리지 못하는 공통분모
기구한 운명의 기사생己巳生

지금도 살아 있는지?
그때 잡았던 손을 놓지 못한다

*『혼자 사는 어머니』(책이있는마을/2001)

바우네 민박

나
바우네* 와 있네
바우네 와도 내 집 같고
간혹
동굴에 와도 내 집 같네
나는 외로워야 행복하니
이게 병 아니고
뭔가

* 구좌읍 한동리에 있는 민박집

거 참 신기하다

꽃집에서 팔다 버린 꽃
그걸 주워다가 무덤가에 심었더니
간밤에 비가 와서
잘 살았다
참 신기하다
돈이 되지 않아 버린 것인데 그게 살았다
버림당했을 때의 서러움과 살아났을 때의 기쁨
그리고 그것이 시를 쓰게 한다는 거
참 신기하다
어디서 청탁이 오면 꼭 이 시를 줘야 하겠다
그리고 그 돈으로 버린 꽃에 비료를 사다 줘야겠다
꽃집은 돈이 필요하고 나는 시가 필요하니까

안개 속에서
– 다랑쉬오름

안개 속에서
가장 먼저 나타나는 것은
다랑쉬오름이고
안개 속으로
가장 먼저 사라지는 것은
다랑쉬오름이다

후기/연보

후기

2013년 5월엔 제주도와 우도를 돌아다녔고, 6월엔 흑산도 가거도 만재도, 7월엔 오륙도, 8월엔 다대포 앞 나무섬, 9월엔 송이도, 10월엔 비금도와 도초도 그리고 우이도, 11월엔 옹도 고파도 위도, 12월엔 다시 제주도…
눈감으면 떠오르는 섬들의 이름으로 시를 썼다. 허나 시의 새싹으로 떠오르는 것은 가거도 항리 마을이다.

폐허가 된 언덕 마을 집, 담 너머로 바다를 보고 있는 나는 쓸쓸한 귀뚜라미. 부서진 집에서도 귀뚜라미가 부서지지 않은 소리를 낸다.
행복하다. 폐허를 보고 좋아하는 것이 아니다. 이 폐허가 아름답게 꾸며질 가능성, 아니면 활기차게 자연으로 돌아갈 거라는 기대감에서다.
독실산의 기운을 받아 되살아날 것이다.
내 앞에 펼쳐진 갯강활*을 봐도 그렇고, 엉겅퀴를 봐도 그렇고, 인동초를 봐도 그렇다. 인동초 이파리에 매달린 달팽이는 생명의 씨앗 바로 그것이다.

여기서는 국흘도가 좋다.
사람들의 눈을 피해 굴에서 살겠다던 젊은 남녀의 속삭임이 아름답고, 그 굴에서 책장을 넘기던 어느 철학도의 은둔이 궁금하다. 그들은 지금 어디에 있는가.
나는 다시 돌아와 이 언덕에 서 있는데…

2014년 봄

이생진

* 갯강활 : 미나리과에 딸린 여러해살이풀. 제주도, 거문도, 가거도 등 바닷가에서 자람.

연보

시집

1955년 《산토끼》
1956년 《녹벽》
1957년 《동굴화》
1958년 《이발사》
1963년 《나의 부재》
1972년 《바다에 오는 理由》
1975년 《自己》
1978년 《그리운 바다 성산포》
1984년 《山에 오는 理由》
1987년 《섬에 오는 이유》
1987년 《시인의 사랑》
1988년 《나를 버리고》
1990년 《내 울음은 노래가 아니다》
1992년 《섬마다 그리움이》
1994년 《불행한 데가 닮았다》
1994년 《서울 북한산》
1995년 《동백꽃 피거든 홍도로 오라》
1995년 《먼 섬에 가고 싶다》
1997년 《일요일에 아름다운 여자》
1997년 《하늘에 있는 섬》
1998년 《거문도》
1999년 《외로운 사람이 등대를 찾는다》
2000년 《그리운 섬 우도에 가면》
2001년 《혼자 사는 어머니》
2001년 《개미와 베짱이》

2003년	《그 사람 내게로 오네》
2004년	《김삿갓, 시인아 바람아》
2006년	《인사동》
2007년	《독도로 가는 길》
2008년	《반 고흐, '너도 미쳐라'》
2009년	《서귀포 칠십리길》
2010년	《우이도로 가야지》
2011년	《실미도, 꿩우는 소리》
2012년	《골뱅이@ 이야기》

시선집

1999년	《詩人과 갈매기》
2004년	《저 별도 이 섬에 올 거다》
2012년	《기다림》 육필 시선집

시화집

1997년	《숲속의 사랑》 이생진 시 | 김영갑 사진
2002년	《제주, 그리고 오름》 이생진 시 | 임현자 그림
2010년	《제주》 이생진 시 | 임현자 그림
2012년	《詩가 가고 그림이 오다》 이생진 시 | 박정민 그림

수필집 및 편저

1962년	《아름다운 天才들》
1963년	《나는 나의 길로 가련다》
1997년	《아무도 섬에 오라고 하지 않았다》
2000년	《걸어다니는 물고기》

국립중앙도서관 출판시도서목록(CIP)

어머니의 숨비소리 : 이생진 시집 / 지은이: 이생진. -- 서울 : 우리글, 2014
p. ; cm. -- (우리글 시선 ; 087)

ISBN 978-89-6426-069-2 03810 : ₩9500

한국 현대시[韓國現代詩]

811.62-KDC5
895.714-DDC21 CIP2014009673

어머니의 숨비소리

1판 1쇄 인쇄 2014년 04월 15일
1판 1쇄 발행 2014년 04월 19일

지은이 이생진
발행인 김소양
편집주간 김삼주
편집 김소애
마케팅 이희만, 장은혜

발행처 ㈜우리글
출판등록번호 제 321-2010-000113호
출판등록일자 1998년 06월 03일

주소 서울시 서초구 양재2동 299-5 남양빌딩 6층
마케팅팀 02-566-3410 **편집팀** 02-575-7907 **팩스** 02-6499-1263
홈페이지 www.wrigle.com **블로그** blog.naver.com/wrigle

값은 표지에 있습니다.
ISBN 978-89-6426-069-2 03810
잘못 만들어진 책은 구입하신 서점에서 교환해드립니다.